LE JOUEUR

ÉMILE COLIN — IMPRIMERIE DE LAGNY

C^TE LÉON TOLSTOÏ

LE JOUEUR

Traduit du russe

PAR

HENRY OLIVIER

PARIS

A. DUPRET, ÉDITEUR

3, RUE DE MÉDICIS, 3

1888

LE JOUEUR

Trois heures. La partie est engagée. La salle est pleine. Parmi les habitués il y a un *grand*, un prince, un monsieur à moustaches, un petit hussard acteur autrefois.

Le *grand* joue avec le prince. Je tourne autour du billard et je compte : dix et quarante-huit ; douze et quarante-huit. On le sait, c'est la besogne d'un marqueur. Eh! me dis-je, sale métier! Tu n'as pas encore eu le temps d'avaler une bouchée depuis hier ; tu as veillé deux nuits et tu dois toujours crier et trotter et retirer les billes.

Entre un inconnu. Il regarde autour de lui et va s'asseoir sur le divan. Il est vêtu si proprement que l'on dirait que son habit quitte l'aiguille : pantalon à carreaux, jaquette courte, gilet de peluche, chaine d'or avec toute espèce de pendeloques ; teint frais, blanc et rose, frisé à la mode, beau garçon en un mot. Quoique marqueur, on connaît son monde. On en voit dans notre métier de toute sorte, autant *d'arsouilles* que de gens comme il faut.

J'observe mon inconnu qui ne bouge pas. A voir son habit si neuf je me demande : Est-ce un Anglais ? est-ce quelque *comte de passage* ?

La partie était finie ; le *grand* avait perdu. Il me crie avec rage :

— Tu comptes mal ; tu ne fais pas attention, toi !

Il grogna encore et s'en alla. Va-t'en ! Quelquefois avec le prince il perd cinquante roubles dans une soirée... Aujourd'hui il n'a rien perdu qu'une misérable bouteille de Mâcon, et le voilà hors de lui. C'est son caractère. D'autres fois le prince et lui jouent jusqu'à deux heures du matin et je sais bien qu'ils n'ont pas le sou ni l'un ni l'autre. Farceurs ! et que j'aie seulement le malheur de bâiller ou de négliger la bille, ce sont ceux-là qui me grondent le plus.

Le *grand* parti, le prince se tourna vers le nouveau venu :

— Vous plairait-il de jouer une partie avec moi ?

— Avec plaisir.

Il paraissait vaillant ce nouveau venu, mais quand il fut près du billard il perdit son assiette. Était-il mal à l'aise dans son habit trop neuf ? l'assistance l'intimidait-elle ? Il était gauche, il accrocha la blouse, fit tomber la craie.

Après deux ou trois parties, le prince dit :

— Votre nom, cher monsieur ?

— Anatoliï Niehlioudoff.

— Votre père n'a-t-il pas commandé dans la garde ?

— Précisément.

Ils se mirent à parler français ; alors je ne compris plus rien.

— Au revoir ! bien heureux d'avoir fait votre connaissance, dit enfin le prince qui se dirigea vers le buffet.

Nichlioudoff s'amusait à tourner les billes. Sans faire attention à lui, je commençai à les rassembler. On sait que dans notre métier on n'est jamais trop arrogant avec les nouveaux.

Il dit :

— Peut-on encore jouer ?

— Le billard est là pour cela.

— Veux-tu jouer avec moi ?

— Certes, oui. Combien me rendez-vous des points ?

— Comment cela! tu joues donc moins bien que moi ?

— Bien sûr. Vous paraissez être très fort.

Il donna dans le panneau. Je perdis la première partie ; j'en gagnai trois autres.

— Voulez-vous maintenant, *bárine*, jouer la belle ?

— Imbécile ! crois-tu donc que je joue avec toi pour gagner de l'argent ?

— J'ai encore gagné.

— Assez, me dit-il.

Il tira son portefeuille tout neuf, bourré de billets de banque. C'était bien sûr pour montrer sa richesse, car, l'ayant aussitôt remis, il me paya avec de la monnaie de poche.

— Voilà tes trois roubles de la partie et... voici pour l'absinthe.

Bon, pensai-je, un monsieur tout à fait comme il faut ; seulement c'est dommage qu'il ne veuille pas jouer de l'argent; on pourrait lui soutirer vingt ou quarante roubles du coup.

Niehlioudoff vint une seconde fois, puis une troisième : ce fut bientôt un habitué. Il se mit au fait. Il se familiarisa avec l'assistance et commença à jouer proprement.

Une seule fois, avec le *grand* il

y eut dispute. Niehlioudoff, Olivier, le prince et le *grand* jouaient la poule. Niehlioudoff parlait avec quelqu'un près du poêle en attendant son tour. Le *grand* devait caramboler et sa bille se trouvait juste vis-à-vis du poêle. On était là très à l'étroit et le *grand* aimait à gesticuler en jouant. Ne vit-il pas Niehlioudoff ou fit-il semblant de ne pas le voir ! il le heurta droit en pleine poitrine. Au lieu de demander pardon, il bougonne encore :

— Que diable ! on grouille ici ! J'ai fait fausse queue.

Le jeune s'approcha de lui tout pâle et lui dit comme si rien n'était, comme cela honnêtement :

— Vous devriez, monsieur, d'abord vous excuser, vous m'avez bousculé.

— Ce n'est pas l'heure des excuses ; j'aurais dû faire un beau coup et vous me faites manquer la bille.

— Vous devriez vous excuser, vous dis-je.

— Laissez-moi la paix... fit le *grand*, fixant toujours sa bille.

— Vous êtes alors une brute! s'écria Niehlioudoff.

Il paraît doux comme une fille et, quel coq, ses yeux brillent d'un éclat tel qu'on craint pour le *grand*.

— Quoi! je suis une brute! dit ce dernier en fureur, et, poussant un cri, il leva la main. Les autres s'interposèrent.

Mais Niehlioudoff.

— Qu'il me donne satisfaction, c'est lui qui m'a offensé.

Et le *grand* :

— Je ne donnerai aucune satisfaction ; c'est un moutard, je lui tirerai les oreilles.

— Si vous me refusez satisfaction, vous êtes un malotru! dit Niehlioudoff les larmes aux yeux.

— On ne s'offense pas des paroles d'un gamin, fit le *grand* en haussant les épaules.

Je ne sais pas ce qui serait arrivé sans le prince. On eut beau dire pourtant. Le *grand* ne voulait ni se battre ni s'excuser, mais à partir de ce jour on ne le revit plus.

Il était bien innocent ce Niehlioudoff. Un jour :

— As-tu quelqu'un ici ? lui demanda le prince.

— Je n'ai personne. Je n'en ai jamais eu.

— Mais ce n'est pas une vie !

— J'ai vécu comme cela, jusqu'à présent, pourquoi ne vivrais-je pas toujours ainsi ?

Le prince et le monsieur à moustaches éclatèrent de rire.

— Alors... jamais vraiment ?

— Jamais.

On se tord de rire. Le garçon n'a pas l'air de comprendre, j'ai bien compris, moi.

— Il faut changer et bien changer, Anatolii... Allons-y de suite, dit le prince.

— Je ne veux pas, riposte Niehlioudoff indigné.

— Vrai, cela devient épique ! il

faut y aller coûte que coûte, tu es ridicule, Anatoliï!

La crainte du ridicule le décida. Ils revinrent vers une heure. Ils se mirent à souper et tous félicitaient Niehlioudoff en ricanant.

— Enfin! enfin! il s'est décidé! Ah! ah!...

— Félicite, toi aussi, le jeune *bárine*.

— De quoi?

Ils dirent un mot savant que je ne sais plus répéter.

Nichlioudoff tout rouge, confus, écoutait sans mot dire: on se remit à plaisanter.

— Cela vous paraît drôle à vous, murmura-t-il les larmes aux yeux, et moi je suis triste. Je ne me pardonnerai jamais cela! oh! pourquoi, pourquoi l'ai-je fait?

Il sanglotait. Les autres riaient. Pauvre! cela se comprend, jeunesse!... manque d'habitude!...

Un jour il arrive avec le prince et le monsieur à moustaches qu'on appelait *Fedotka*. Le dernier était d'une laideur répoussante, mais il s'habillait avec recherche et avait un carrosse. Pourquoi le choyait-on tant? Fedotka par ci, Fedotka par là ; on lui offrait des dîners et de l'absinthe. On payait partout pour lui. C'était un rusé compère, allez ! S'il perd, il sait bien ne pas payer ; mais s'il gagne, il sait se faire payer, lui.

Ce jour-là ils jouèrent trois roubles le point. Niehlioudoff et le prince parlaient, en jouant, d'une actrice bien connue. Ils ne faisaient pas attention au jeu. Fedotka en profita. Il gagna six roubles à chacun d'eux. Je ne sais point quels étaient leurs comptes avec le prince, ils ne réglaient jamais ensemble. Niehlioudoff tira sa bourse.

— Non, frère, s'écrie Fedotka, jouons encore et quitte ou double !

Je posai les billes. Fedotka, commença et fit si bien son jeu qu'il gagna.

— Encore une fois, dit-il à Niehlioudoff. Va pour le tout ?

— Va pour le tout.

Fedotka malin, perd une simple mais gagne le coin. Le prince voyant que cela commence à devenir sérieux leur crie :

— Assez ! Assez !

Mais Niehlioudoff enfiévré, Fedotka concentré et froid n'écoutent plus.

Ils ne s'arrêtent qu'à cinq cents points joués. Fedotka a gagné.

— Encore, encore ! insiste maintenant Niehlioudoff tout enflammé. Le vertige du jeu le prit pour la première fois. Il ne se connaît plus.

— Allons en haut alors ; là tu auras ta revanche, répond Fedotka.

En haut on jouait aux cartes.

Et depuis ce jour, on eût dit que le maudit Fedotka avait jeté un sort sur Niehlioudoff. Il jouait maintenant sans trève ; tantôt en haut tantôt en bas. Il devint un tout autre homme. Plus de trace de son élégance passée. Ses joues devinrent hâves; son teint jaune, ses yeux ternes et troubles.

— Vous n'avez pas joué avec moi depuis longtemps, *bárine*, lui dis-je un jour. Il joua et je gagnai dix roubles.

— Quitte ou double, *bárine?*

Il ne se fâcha point et y consentit. Pas comme jadis lorsqu'il m'appelait imbécile. Nous jouâmes longtemps. J'avais quatre-vingts roubles de gagnés.

Depuis il jouait avec moi tous les jours.

Il guettait le moment lorsque la salle était vide. On le comprend : jouer avec un *marqueur* !

Un jour, après que je lui avais gagné soixante roubles, il me dit :

— Veux-tu jouer le tout ?

— Oui.

Je gagnai.

— Cent vingt sur cent vingt?

— Bon.

Je gagnai encore.

— Deux cent quarante sur deux cent quarante ?

La chance ne me quittait pas.

— Quatre cent quatre-vingts sur quatre cent quatre-vingts ?

Il s'enfiévrait de plus en plus.

— N'est-ce pas assez, *bárine ?* Donnez-moi seulement cent roubles et nous serons quitte.

Il se mit en colère.

— Joues-tu ou ne joues-tu pas ? cria-t-il d'une voix enrouée.

Je jouai mais je ne voulais plus gagner.

Je donnai quarante en avant. Il avait cinquante-deux. Moi j'avais trente-six. La partie était encore à moi. Enfin il s'arrête et me dit :

— Petrouscha, je ne puis te payer ma dette pour le moment ; mais si tu veux patienter, dans deux mois je puis tripler la somme.

— Bon, bon, *bárine*, j'attendrai.

Il fit quelques tours dans la salle et revint près de moi de nouveau.

— Veux-tu encore jouer le tout? hein?

Il perdit. Je me mis à une petite table près de la porte et l'observai du coin de l'œil.

Il marchait, empoignait sa tête et marmottait entre ses dents; puis comme fou il s'élança dehors.

Bizarre!

Il ne revint pas d'une huitaine. Le neuvième jour il entra pâle dans la salle, mais il n'approcha point du billard.

Le prince l'aperçut.

— Viens jouer, Anatoliï.

— Non, je ne veux plus jouer du tout.

Le prince insistait ce jour en vain. Il s'en alla sans jouer. Il résista à la tentation encore une huitaine, mais un jour de fête il vint en frac et cravate blanche, et resta toute la journée à jouer. L'habitude avait pris le dessus, et cela recommença.

— Petrouscha, me dit-il une fois,

je te dois cent quatre-vingts roubles ; viens dans un mois, tu les auras.

Un mois après j'y allai. Il me pria d'attendre jusqu'au jeudi suivant. Le jeudi vers onze heures j'étais à sa porte.

— On ne m'a pas encore envoyé d'argent. Ce n'est pas ma faute. Mais voilà une épingle en diamants et une montre en or ; porte-les au mont-de-piété. On te donnera plus que je te dois pour ces objets ; tu les retireras lorsque j'aurai reçu mon argent.

— Très bien, dis-je, je prendrai la montre.

Je voyais qu'elle valait plus de trois cents roubles. Je l'engageai pour cent et lui apportai le récipissé.

— Vous me devez encore quatre-vingts roubles et vous aurez soin, *bárine*, de retirer vous-même la montre.

Jusqu'à présent je n'ai pas revu mes quatre-vingts roubles.

De timide qu'il était Niehlioudoff devint effronté. Il m'empruntait quelquefois un rouble pour payer son fiacre tandis qu'il jouait cent roubles la partie avec le prince. Il arrivait le matin les cheveux ébouriffés, le linge chiffonné, les yeux cerclés injectés de sang; traces de débauche sur ses joues creuses. Il vidait quelques verres d'absinthe et se mettait à jouer.

Le jour de la mi-carême il jouait avec le hussard.

— Voulez-vous intéresser la partie?

— Bon, sur quoi ?

— Sur une bouteille de Clos-Vougeot.

— Soit.

Le hussard gagna : ils allèrent souper. Ils s'attablèrent. Niehlioudoff cria :

— Simon ! une bouteille de Clos-Vougeot ! Aie bien soin de la chauffer.

Simon courut et apporta la soupe Pas de bouteille.

— Eh bien ! le vin ? quoi ?

Simon revint avec le rôti.

— Es-tu fou ? où diable as-tu appris à servir le vin au dessert ? cria Niehlioudoff impatienté.

Simon sortit en disant :

— Le patron vous demande, *bárine.*

Niehlioudoff bondit furieux :

— Que me veut-il ?

Le patron était sur le seuil. Niehlioudoff l'entraîna tout inquiet dans la pièce voisine.

— Je ne puis plus avoir foi dans votre parole si vous ne me réglez pas mon compte.

— Je vous ai déjà dit que je vous payerai à la fin de ce mois.

— Comme il vous plaira, mais, je ne puis vous faire crédit désormais. Je perds sans cela assez en dettes.

— Vrai, vous pouvez vous fier à ma parole.

Donnez-moi seulement encore cette bouteille de Clos-Vougeot.

Il retourna auprès du hussard. Ils attendirent le vin. Simon entra dans la salle, les mains vides.

— Eh bien ?

— Il n'y a pas de vin.

Niehlioudoff de rouge devint pourpre.

Il accourut près de moi.

— Au nom de Dieu ! prête-moi six roubles ou je suis perdu.

— Je n'en ai pas un seul et puis vous m'en devez déjà tant.

— Je t'en donnerai quarante pour les six dans une huitaine.

— Mais... je n'ai pas les six roubles que vous me demandez.

Il grinça des dents; il serra les poings et s'arrachant les cheveux il courut vers la porte.

Le hussard l'attendit en vain. Impatienté il demanda après lui. Il y eut de mauvaises plaisanteries sur le pauvre, ce jour-là.

Je crus qu'après un pareil scandale Niehlioudoff n'oserait plus revenir. Le lendemain il entra dans la salle plus pâle, plus débraillé ; il jeta son pardessus et son chapeau sur un banc.

— Veux-tu jouer avec moi aujourd'hui ? me demanda-t-il.

Nous jouâmes.

— Assez ! va me chercher de l'encre et une plume ; il faut que j'écrive une lettre au pays.

Je ne soupçonnais rien. Je posai le papier, l'encre, la plume sur une petite table.

La plume grinça rapide, vertigineuse sur le papier longtemps, longtemps.... Niehlioudoff se leva livide, la sueur au front, les yeux hagards.

— Amène-moi un fiacre.

C'était le carnaval. Tout le monde était en soirée. Les salles étaient désertes.

Je n'avais que le temps de franchir le seuil lorsqu'il me cria :

— Petrouscha ! Petrouscha !

J'accours. Il était blanc comme un linge. Il me regarda fixement.

— Jouons encore une partie. Je

sais jouer proprement maintenant, hein ? fit-il avec un rire étrange.

Il gagna.

— Assez. Va chercher le fiacre.

Je sortis. Pas de voiture. Je reviens. Tout à coup j'entends un bruit. Je m'élance dans la salle. Cela sent drôlement. Je regarde : il était étendu dans une traînée de sang; le pistolet fumait encore à côté de lui. Je perdis la parole et je le regardai, idiot..... Il frissonna, son pied tremblota. Il râla, crispa les poings, râla encore et s'étira de tout son long.

Et pourquoi fit-il un péché si grand ? Pourquoi perdait-il son âme à tout jamais!

Sur le papier ces mots étaient tracés :

« Dieu m'a donné tout ce qui
» peut rendre l'homme heureux :
» richesse, nom, esprit, aspirations
» vers le bien et le beau. Je voulus
» vivre noblement et j'ai traîné
» dans la fange tout ce qui était
» bon en moi.

» ... Je ne suis point un lâche ; » je ne suis qu'un *raté*. Je n'ai » commis aucun crime mais j'ai fait » pis : j'ai gâché ma jeunesse, mon » cœur !

» .... Je suis pris dans un filet » dont je cherche en vain à m'é- » chapper. Je m'enfonce de plus en » plus dans l'ignoble bourbier du » vice et des viles passions. La » fange me répugne et je m'y vau- » tre, incapable de résister à son » attrait..,

» .... Qu'est-ce qui m'a perdu ? Y » avait-il en moi quelque grande » passion qui soit mon excuse ? » Non ! mes souvenirs ? Je n'en ai » point. Un instant d'oubli, un » vertige d'ivresse et j'étais dam- » né !...

» ... Table verte, cette morbide » maîtresse a tué mes rêves de vingt » ans ; a glacé le feu de mon cœur ; » a sali mes saines aspirations ; a » éteint la puissante clarté du de- » voir et de l'amour pour Dieu,

» pour la patrie, pour l'humanité!

» .... Oh! quel abîme me sépare
» de ce que je voulais devenir; de
» ce que je pouvais être! Quelle
» fatalité m'a-t-elle écarté de cette
» voie charmeresse que m'indiquait,
» en entrant dans la vie, mon cœur
» d'enfant?

» .... Revenir sur mes pas.... m'ar-
» rêter..... je ne le puis plus.... le
» vice me grise, la fange m'attire.....
» trop tard!....

» Je viens à cette solution déses-
» pérée, car je ne puis oublier et
» je ne puis plus vivre ainsi. Il faut
» en finir! L'oubli ne vient pas; le
» mal l'emporte sur le bien... le re-
» mords parle haut. Et pourtant....
» à cet instant même rien n'est
» changé en moi....

» ..... Je croyais que l'idée de la
» mort ferait pour mon âme ce
» que n'a pu faire la vie. Dans un
» instant je n'existerai plus et mon
» regard trouble cherche la table
» verte. Mon seul regret. .. je ne

» la verrai plus.... la même incon-
» séquence ; la même faiblesse !...
» à l'heure suprême, je suis encore
» vaincu !.... »

LE RÉCIT
D'UN VOLONTAIRE

LE RÉCIT
D'UN VOLONTAIRE

I

— Je viens de chez le colonel, me dit en réponse à mon regard étonné le capitaine Hlopoff, vêtu d'une redingote à épaulettes, un sabre au côté, — uniforme que je ne lui avais pas encore vu depuis mon arrivée au Caucase. — Notre bataillon se met en marche demain.

— Pour aller?. ...

— A N***. Là est fixé le rassemblement des troupes.

— Et puis on se mettra en campagne ?

— Sans doute. Je ne sais rien de positif. Hier soir on m'a transmis l'ordre du général : le bataillon se met en marche demain et prend des provisions pour deux jours. Pour aller où ? pourquoi ? est-ce pour longtemps ? Ce n'est pas à nous de le demander.

— Et puis-je vous accompagner ?

— Certes, vous le pouvez, mais à quoi bon ? C'est risquer votre vie peut-être.

— Pardonnez-moi, capitaine, mais voilà déjà un mois que je suis ici pour guetter l'occasion qui se présente enfin ; voulez-vous que je la laisse passer ?

— Voilà de la sombre curiosité. Il vous tarde de savoir comment se fait la guerre ; lisez les récits de Mihaïloffsky, Danilewsky, vous y trouverez tous les détails.

— Ce qu'on écrit dans les livres n'est qu'un maigre approximatif.

— C'est la boucherie qu'il vous faut ?....

Dépité que le capitaine ne me comprît pas, je ne répondis plus rien. Je l'avais rencontré au Caucase, mais j'avais connu sa mère dans le pays. C'était une petite propriétaire voisine de chez nous. Avant mon départ je m'en fus la voir : la brave femme m'accueillit avec joie, me fit manger un excellent *pirogue* et me confia pour son Poschenka (elle appelait comme cela le vieux capitaine) une *ikone* avec ces paroles :

— Portez-la-lui. Lorsqu'il partit au loin je fis le serment de faire faire cette *ikone* s'il me restait sain et sauf. Voilà dix-huit ans que la Vierge Marie a miséricorde de lui : il n'a pas été blessé une seule fois, et dans quelles batailles n'a-t-il pas été !.... Du reste, tout ce que je sais de lui, je le sais par d'autres, lui ne me parle jamais de ses campagnes de peur de me faire trop de peine.

Je sus après que le capitaine avait

été plusieurs fois grièvement blessé, mais il se gardait bien d'en faire part à sa vieille mère.

— Qu'il porte toujours cette *ikone* sur lui, la Sainte Mère de Dieu le préservera du danger et de la mort.

Lorsque je répétai au capitaine les paroles de sa mère, en lui donnant l'*ikone*, il y appuya pieusement les lèvres, l'enveloppa soigneusement dans du papier, puis s'approcha de la fenêtre et il me sembla qu'il bourrait sa pipe bien longuement.

— Brave vieille! murmura-t-il, Dieu m'accordera-t-il de la revoir encore?...

Dans ces simples paroles il y avait tout un monde de tristesse et de tendresse.

Le lendemain, vers quatre heures du matin, le capitaine me réveilla. Il était en redingote usée, sans épaulettes, pantalons très larges, un sabre tcherkesse à travers le dos. Je ne le fis pas longtemps attendre.

et bientôt nous franchissions les barrières.

Le petit cheval blanc qu'il montait marchait au petit trot, la tête baissée. Il avait, le brave capitaine, une allure bien peu héroïque ; mais son indifférence presque dédaigneuse et son calme imperturbable subjuguaient invinciblement.

Le bataillon avait déjà une avance de deux cents kilomètres environ et paraissait dans le lointain comme une masse grouillante. On devinait les fantassins aux lances qui, pareilles à d'énormes aiguilles, s'élançaient brillantes vers le ciel; de temps à autre, quelque son égaré d'une chanson soldatesque parvenait jusqu'à nous ; le grondement du tambour se mêlait aux notes perçantes du clairon d'appel.

Le chemin conduisait par un ravin profond et large au bord d'une petite rivière qui folâtrait rapide et écumeuse. Les rayons d'un soleil rougeâtre caressaient les pierres grises, la mousse jaunie, le chèvrefeuille sauvage, le cornouiller enchevêtré de lierre et en plaquaient le relief de taches vieil or; tandis que l'autre côté du ravin était voilé d'une brume qui tournoyait en ondées blanchâtres et dont les couches irrégulières, humides, passaient du pâle azur au violet sombre, du gris d'argent au vert feuille-morte, puis redevenaient blanc de lait. Les grillons, comme des clochettes invisibles, tintaient dans l'air. On sentait le parfum de l'eau, de l'herbe et de la brume tout ensemble.

Le capitaine me paraissait plus préoccupé que d'habitude et ne sortait pas de sa bouche sa courte pipe; il éperonnait sa rosse qui trottait en se balançant, laissant à peine une trace vert sombre dans l'herbe haute et mouillée. Un faisan s'envola de dessous ses jambes avec ce froufroutement particulier qui donne le frisson au chasseur. Le capitaine n'y fit point attention.

Nous étions déjà tout près du bataillon lorsqu'un tout jeune officier passa rapide, en envoyant au vol un salut et un sourire au capitaine. Je n'eus que le temps de remarquer qu'il avait de beaux yeux noirs, un nez droit et une légère moustache autour de sa lèvre rouge.

— Où court encore ce fou-là ? bougonna le capitaine soucieux.

— Qui est-ce donc?

— Alauin, officier subalterne de mon régiment... Il n'y a que quelques mois qu'il est au service.

— C'est sans doute la première fois qu'il va au feu ?

— Aussi s'en donne-t-il à cœur joie, murmura le capitaine pensif. Oh, la jeunesse!...

— Moi, je comprends bien la joie que peut causer le premier combat, dis-je.

— Se réjouir de quoi ? Attendez ! lorsque vous aurez fait quelques campagnes, ce beau feu s'éteindra. Vous voyez ! nous sommes vingt officiers maintenant, Dieu sait si un seul reviendra de là-bas.

La chaleur devenait étouffante. Le soleil était au zénith, le brouillard se dispersait. Les soldats trottinaient sur le chemin, légers sous le poids des havresacs et des fusils; on entendait des rires, des chants. Quelques vieux sous-officiers allaient au bord du chemin, la pipe entre les dents. Trois chariots chargés roulaient lourdement en soulevant des flots de poussière. Quelques officiers faisaient des tours de force avec leurs chevaux, posant pour la galerie. Un peu plus loin, en tête d'un régiment de fantassins, se tenait sur un cheval blanc, entouré de cavaliers tatares, un jeune officier de grande taille, renommé pour son courage et pour son audace à dire sans façon la vérité à chacun. Il était vêtu d'une tunique à galons d'argent et coiffé d'un haut bonnet tcherkesse. Des pistolets étaient attachés à sa selle et des poignards scintillaient dans sa large ceinture. On pouvait voir à son habit et à son maintien qu'il voulait paraître un Tatare authentique. Il parlait à ses compagnons dans une langue qui m'était inconnue, mais à leurs regards demi-étonnés, demi-moqueurs je compris qu'ils ne le comprenaient guère plus que moi-même.

C'était un de ces types si fréquents chez nous, taillés sur les héros de Lermontoff et de Marlinsky.

Le lieutenant, par exemple, aimait au fond la bonne société, les femmes honnêtes, vu qu'il était vertueux au superlatif, mais il croyait de son devoir d'être arrogant avec les généraux et autres dignitaires — d'une arrogance tempérée toutefois, — et lorsque quelque jeune dame arrivait à la forteresse il affectait de se promener devant ses fenêtres rien qu'avec une chemise rouge et des sandales à ses pieds nus. Il me semblait qu'il le faisait surtout pour montrer la blancheur et la petitesse de ses pieds et pour prouver comme il serait bon de l'aimer, s'il voulait bien le permettre, lui. Il portait toujours une grande *ikone* suspendue à son cou et un grand poignard avec lequel il couchait. Il voyait sans cesse des ennemis et se persuadait que le mépris, la haine et la vengeance voués au genre humain étaient les sentiments les plus élevés. Mais sa maîtresse, une Tcherkesse, disait que c'était le meilleur, le plus doux des hommes et que tous les soirs il faisait ses prières à genoux.

Il s'appelait Rosenkranz, mais il parlait souvent de son origine et se disait russe pur sang.

Au bord d'un ruisseau, le régiment fit halte. Les soldats jetèrent les fusils sur l'herbe et se mirent à boire avidement. Le commandant s'assit sur un tambour et commença son déjeuner en compagnie d'autres officiers. Le capitaine se coucha sur l'herbe, sous l'une des charrettes. Le lieutenant Rosenkranz et quelques-uns des jeunes officiers, parmi lesquels se trouvait Alauin, s'installèrent sur leurs manteaux et s'apprêtèrent à boire quelques bonnes rasades. Plus loin, à l'écart, un groupe d'officiers qui jouaient aux cartes.

J'écoutais les conversations, j'épiais l'expression des visages, mais sur aucun je ne découvris l'indice de l'inquiétude qui me remplissait ; les plaisanteries, les rires, les récits exprimaient un laisser-aller et une indifférence complète devant le danger qu'allaient courir tous ces insouciants dont peut être pas un ne repasserait vivant par le même chemin.

Vers sept heures du soir nous entrions dans la forteresse de N***.

II

Après m'être reposé et avoir fait un bout de toilette j'allai voir un aide de camp que je connaissais d'ancienne date pour le prier d'informer son général que mon désir était de faire la campagne. Un carrosse élégant, un petit chapeau coquet et un minois rose et frais passèrent devant moi rapidement. De la fenêtre entr'ouverte de la maison du commandant parvenaient jusqu'à mon oreille les sons d'une polka quelconque, — *Lisa* ou *Katia* — tapée sur un vieux clavecin détraqué et enroué, le seul sans doute que possédât la forteresse. A la porte d'un marchand de vin je vis un groupe d'employés attablés, fumant des cigarettes et discutant vivement.

— Excusez, disait l'un, mais en ce qui concerne la politique, Maria Gregoriewna en sait long.

Un vieux juif voûté menait une charrette chargée qui roulait en cahotant sur les pierres pointues du faubourg. Deux dames en jupes empesées, un foulard de couleur sur leurs têtes, filaient, un panier de provisions à la main ; plus loin, deux jeunesses, l'une en rose, l'autre en bleu, se tenaient tête nue sur le seuil d'une petite maisonnette et s'efforçaient de verser dans l'air des roulades d'un rire forcé, dans le but évident d'atteindre, par ces flèches tremblotantes, les oreilles sinon les cœurs des officiers qui passaient indifférents sous les œillades énergiques des belles comme sous le feu ennemi.

Je trouvai l'aide de camp au rez-de-chaussée de la maison du général. Il me dit qu'il n'y avait point de difficulté pour que la permission me fût accordée. A ce moment même le carrosse que j'avais entrevu au faubourg s'arrêta devant la maison.

L'aide de camp bondit et, me jetant au vol un « pardon », s'élança en haut de l'escalier en boutonnant sa redingote. Après quelques instants un homme de petite taille mais avec un visage énergique, vêtu en bourgeois et une simple croix blanche à la boutonnière, s'approchait du carrosse et en entr'ouvrait la portière. C'était le général. Dans sa démarche se voyait une parfaite assurance,

— Bonsoir, comtesse, dit-il en serrant une petite main étroitement gantée de Suède qui se tendait vers lui.

Ils parlèrent à voix basse et je ne pus entendre que ces quelques paroles :

— Vous savez que j'ai fait le vœu de combattre les infidèles, prenez garde de le devenir.

Un petit rire narquois et une moue câline sur la bouche rosée furent la réponse.

— Adieu donc, général!

— Non, au revoir, dit-il en montant sur le marchepied; je m'invite moi-même pour la soirée de demain.

Le carrosse s'éloigna. Voilà un homme, pensai-je en m'en retournant chez moi, qui possède tout : rang, richesse, notoriété, et cet homme, à la veille d'un combat sanglant ne regrette pas la vie, rit et plaisante avec une charmante femme et s'invite à sa soirée, sans paraître se douter que demain n'est déjà peut-être plus à lui.

Chez l'aide de camp je rencontrai le lieutenant R***, bien timide, avec des traits accusant une candeur presque féminine et qui venait verser le trop-plein de son cœur, indigné de ce que les chefs ne l'avaient pas nommé pour assister au combat. Il disait que c'était mal de lui faire une si cruelle injustice, que c'était manquer à la camaraderie et qu'il s'en souviendrait. Pas une ombre de feinte dans ses yeux brillants, sur son visage animé ; il était révolté jusqu'à l'âme de n'avoir pas la permission d'aller tirer sur les Tatares et de s'exposer à leur feu. Il me paraissait un gamin dépité de ce qu'on lui avait donné des verges injustement.... Je commençais à n'y rien comprendre du tout.

Vers dix heures du soir les troupes se mettaient en marche. La chaleur insupportable de la journée avait fait place à une fraîcheur agréable. La lueur incertaine d'une jeune lune s'étalant sur le bleu étoilé du ciel commençait à s'abaisser vers la terre ; les lumières du village, comme des yeux ronds, étincelants, braquaient sur nous leurs regards vacillants. Les longues silhouettes noires des maisons se dessinaient mystérieuses le long du chemin, à travers les chaumières peintes en chaux, s'élançant pareilles à de blanches fiancées dans les touffes épaisses des bouleaux, des tilleuls et des platanes. Les grenouilles entonnaient leur chanson dans le souterrain cristallin d'un étang. Des pas furtifs, des chuchotements confus, des hennissements, des beuglements, des cocoricos se mêlaient à une valse de Strauss et à la plainte en mineur d'une *jouenka* ukrainienne.

Je pensais—à quoi pensais-je? A rien peut-être. Le lieu et le temps prédisposaient aux rêveries sans nom et sans sujet. L'arrière-garde était encore dans la forteresse. Je me frayai difficilement un passage à travers les chariots, les caisses, les tambours entassés et les officiers groupés en tas et criant leurs ordres. Après avoir franchi la porte de la forteresse je devançai les troupes qui se mouvaient comme un mur fait de corps, à la distance au moins d'une verste, et j'atteignis le général et son aide de camp.

En passant à côté de la cavalerie et des artilleurs fièrement campés sur les canons ventrus, quelques paroles allemandes d'un soldat vinrent, comme une dissonnance, m'écorcher l'oreille.

L'obscurité devenait de plus en plus intense. On ne pouvait plus distinguer la forme des objets. Des animaux énormes, bizarres, des monstres informes paraissaient peupler le chemin, et ce fut seulement au fur et à mesure que mon œil s'habituait aux ténèbres que je découvris dans ces visions étranges de très simples buissons, arbres, taillis et monceaux de pierres carrées.

Le régiment marchait à pas cadencés dans un silence morne, coupé par le choc des fers de cheval, par le cliquetis des crosses de fusils et des sabres, et le lourd cahotement des canons. Hommes et bêtes paraissaient s'entendre et s'efforcer d'étouffer jusqu'au souffle trop bruyant de leurs poitrines haletantes.

La nature respirait la beauté, la paix et la force.

Est-il possible que les hommes soient à l'étroit sous ce ciel si infini, si plein de paix ? Comment, en présence de cette nature protectrice, la haine ravage-t-elle le cœur humain ? Comment cet amour frissonnant dans ses voix mystérieuses et caressantes, ne subjugue-t-il pas le démon destructeur qui nous harcèle et nous jette sur nos frères ?

III

Nous cheminions depuis plus de deux heures. Une somnolence commençait à s'emparer de moi, lorsqu'un bruissement prolongé vint frapper mon oreille. Il venait d'une rivière tombant du haut des montagnes sur les pierres du chemin escarpé et bordant la vallée étroite où nous nous enfoncions. Sur le fond noir des montagnes s'allumaient dans diverses directions des feux voyageurs qui s'éteignaient aussitôt dans les ténèbres les plus sombres.

— Qu'est-ce donc que ces feux? demandai-je à un Tatare.

— C'est le signal que les Russes approchent.

— Comment ! On sait déjà dans les montagnes que le régiment est en marche ?

— Et comment pourrait-on ne pas le savoir ? dit-il naïvement.

En jetant un regard vers le ciel, je voyais les étoiles pâlir et s'éteindre au levant, et le jour gris poindre. Mais dans la vallée il faisait encore humide et sombre.

Soudain quelques traînées enflammées percèrent l'obscurité ; au même moment des balles sifflèrent dans l'air et allèrent s'abattre avec un bruit sec sur le sol humide, tandis que des coups grondants se succédaient et se mêlaient aux ordres saccadés, brefs, impérieux des chefs. Des cris de douleur s'élancèrent bientôt dans l'air embrouillé de fumées tournoyantes.

Soudain tout bruit cessa. Le général appela le Tatare qui nous ser vait d'éclaireur et lui parla assez longtemps à voix basse. Puis il commanda d'une voix étouffée mais distincte :

— Colonel Hossanoff ! faites faire la chaîne !

L'aurore rougissait le levant gris, des vapeurs blanchâtres s'élançaient au-dessus de la rivière. L'éclaireur désigna l'éndroit où on pouvait passer l'eau à gué.

L'eau montait jusqu'au cou des chevaux et s'arrachait avec une force extraordinaire de l'étreinte des pierres blanches, formant autour des jambes de nos montures des cercles écumeux et bouillonnants. Les bêtes étonnées, effarées, les oreilles dressées, mais ayant comme l'instinct d'un devoir à accomplir, cherchaient avec vigilance un chemin sur le fond irrégulier de l'eau. Les fantassins, n'ayant sur eux que leur chemise, élevaient au-dessus de l'eau les fusils et les habits, s'enlaçaient par vingtaines, en luttant contre le courant qui les bousculait.

Les artilleurs lançaient leurs chevaux dans l'eau au triple galop et en poussant de grands cris. Dès qu'on eut traversé la rivière, le général suivi de la cavalerie se dirigea vers un coteau masqué d'un côté par une petite forêt. Les Cosaques firent la chaîne en demi cercle.

Dans la forêt apparurent des ombres qui se multipliaient.

— Ce sont des Tatares, dit un des officiers.

Soudain, une ondée de fumée s'échappe en tourbillonnant de derrière un arbre. Puis un autre plus loin... puis les fumées se marient bientôt sur toute la longueur du bois... Nos coups fréquents répondent et étouffent ceux de l'ennemi. Les balles égarées, avec un bourdonnement pareil au vol d'une abeille, s'abattent comme effarées autour de nous. Les fantassins serrent les rangs.

— Ordonnez-vous, Excellence, de lancer la cavalerie ? vint demander le colonel Hossanoff au général, en portant la main au képi. Des signes ont apparu. Et il désigna un corps détaché de Tatares à cheval ayant en tête deux cavaliers sur des chevaux blancs qui élevaient de grands bâtons où flottaient des morceaux d'étoffe rouge et bleue.

— Avec Dieu ! colonel ! dit le général sans sourciller.

Hossanoff fit un bond en arrière ; puis, élevant son sabre nu en l'air, il s'éloigna en criant :

— Hourra ! mes enfants ! Hourra ! ! !...

— Hourra !... Hourra !... Hourra !... retentit vibrant, strident, aigu, joyeux un autre cri dans les rangs, et la cavalerie s'élança à bride abattue à la suite de son colonel.

On regardait, le souffle suspendu aux lèvres. Voilà un signe, un autre, un troisième...

L'ennemi n'attend pas l'attaque et s'enfuit au fond du bois d'où il fait feu. Les balles voltigent plus fréquentes... plus tassées...

— Quel charmant coup d'œil! dit tranquillement le général aussi calme, aussi souriant que s'il était à la portière de la jeune comtesse, pendant qu'il fait tourner sur lui-même son cheval.

— C'est un vrai plaisir que la guerre dans un si beau pays, répond le major.

— Et surtout en bonne compagnie, riposte courtoisement le général.

Le major s'incline.

Et les balles sifflent toujours. La fumée s'épaissit.

Le colonel s'approche de nouveau du géneral et sur l'ordre de son Excellence recommence l'attaque. Les clairons frémissent ; les rangs serrés, dans des vagues de poussière, les sabres en l'air, la cavalerie fond sur l'ennemi dans la mêlée.

Un boulet passe rapide avec un sifflement prolongé, rauque ; un soldat tombe avec un râle dans un flot de sang. Ce cri me saisit si fort que le superbe tableau de bataille perd sa splendeur, mais personne sauf moi ne paraît y faire attention. Le major rit de bon cœur, l'aide de camp sifflotte un refrain grivois; le général toujours gracieux, toujours souriant, parle avec le capitaine.

— Faut-il répondre à leur feu ? demande en accourant le commandant en chef des artilleurs.

— C'est cela, faites-leur peur, riposte le général en allumant un cigare.

On range les batteries; les gueules de bronze crachent leurs éclairs.

Nos troupes sont victorieuses. L'*aoul* (ferme) ennemi est pris. Le bruit chaotique des voix s'élève comme une marée montante en une gamme de sons étranges et remplit l'*aoul* déserté. Là, on entend le bruit du toit qui s'effondre sous les coups de nos haches ; ici, c'est une porte qu'on enfonce ; plus loin, les flammes s'envolent au ciel de la grange qu'on incendie. Feu ! Massacre ! C'est à l'ennemi !... On a faim : un Cosaque, fier de sa proie, traîne après lui un sac de farine ; un autre une marmite de lait, un troisième deux poules effarées. Plus de trace de la rigidité militaire, tous sont égaux. Le régiment est en plein désarroi, les épaulettes d'or et les simples tuniques bleues se frottent fraternellement. Le capitaine, assis sur un tas de planches, fume comme d'habitude sa pipe daghestane.

La haute stature du lieutenant Rosenkranz apparaît par-ci, par là ; il a l'air d'un homme fort préoccupé.

— L'ennemi était nombreux, n'est-ce pas, capitaine ?

— Mais non. Est-ce que cela s'appelle l'ennemi ? Ce soir, au moment de la retraite... on nous escortera de là-bas... et il désigna la forêt. Il faudra voir cela... il fera chaud...

Le général partit le premier en tête de la cavalerie. Le bataillon où je me trouvais formait l'arrière-garde. Les régiments du capitaine Hlopoff et du lieutenant Rosenkranz se repliaient ensemble.

Les paroles du capitaine se réalisèrent. Dès que nous entrâmes dans un étroit ravin, bordé de tous côtés de hautes futaies, des montagnards armés, à pied ou à cheval, les fusils braqués sur nous, apparurent dans la nuit comme des spectres sinistres.

Le capitaine tira son sabre et se signa pieusement. Quelques vieux soldats firent de même. Cela devenait sérieux. Les cris sauvages d'attaque: *Jaï Giaur! Ourous jaï!* se faisaient entendre dans la masse de ces hommes au regard farouche, collés au cou de leur cheval. C'étaient des cris de mort. Qui serait l'élu? Les coups secs, brefs, mugissaient, sifflant comme des vipères.

Les nôtres répondaient par des feux de file, puis par des obus.

Le feu ennemi paraît faiblir puis recommencer plus acharné ; les cris d'attaque deviennent plus féroces. Le régiment bat la retraite, accompagné par les boulets ennemis qui se pressent et fondent terribles sur nos têtes. . les rangs se relâchent... les cadavres sèment le chemin, le sang coule... les gémissements, les plaintes coupent l'air brusques, imprévus, perçants...

Le jeune Alauin est en extase ; ses beaux yeux noirs brillent d'un feu étrange ; sa bouche s'ouvre comme pour recevoir le baiser d'amour. Il accourt vers le capitaine en le suppliant de se jeter sur l'ennemi.

— Non, non, pas de folies, répond le capitaine.

Le régiment couché à plat ventre ne cessait de faire feu. Le capitaine, silencieux, laissait traîner les brides de son cheval blanc, laissait faire les soldats. Dans ce moment de suprême danger il était tel que je l'ai toujours vu : les mêmes gestes lents et tranquilles ; la même voix claire, la même simplicité sur son franc visage. Les autres au contraire voulaient paraître l'un plus calme, l'autre plus froid ou plus gai qu'ils n'étaient.

Tout à coup j'entends un *hourra* sonore qui éclate dans l'air avec le bruit d'une cascade aux mille échos. Je me retourne et j'aperçois Alauin le sabre levé, les yeux allumés qui, à la tête d'une trentaine de cavaliers, court par le champ fraîchement labouré.

— En avant ! Hourra ! Et le groupe disparaît dans la forêt...

Instant de morne silence. Puis on entend le bruissement sonore des sabres croisés, qui augmente plus sinistre ; puis des colonnes de fumée floconneuse s'envolent au-dessus des cimes tressaillantes des arbres.. La fusillade recommence plus nourrie... les coups se succèdent frénétiquement, mêlés aux cris de hourra qui sonnent comme un glas funèbre dans le chaos démoniaque des sons chantant tous feu, massacre, mort...

Le cheval d'Alauin s'élance affolé de la forêt; derrière viennent les soldats lents, effarés, silencieux, portant sur des brancards de feuillage les morts et les blessés.

Parmi ces derniers se trouve Alauin. Blême comme la toile, son beau visage, où toute trace d'extase et d'héroïsme a disparu, se penchait sur la poitrine. Sur sa chemise blanche, au-dessous de l'uniforme dégrafé, rougit un point sombre.

— Oh! malheur! m'écriai je en tressaillant.

— Pas plus grand qu'un autre, répondit en écho un vieux soldat appuyé tranquillement sur son fusil et regardant d'un œil indifférent le triste convoi.

Les camarades s'approchaient

d'Alauin et voulaient par des paroles cordiales ranimer son courage. Mais à voir ses yeux tristes et froids, les paroles de banalé consolation étaient importunes.

Le capitaine s'approcha à son tour. Il regarda longtemps le blessé et une émotion profonde se peignit sur son visage ordinairement si froid et si impassible.

— Eh bien! mon cher Anatoliï Iwanitch, dit-il d'une voix basse, pleine de pitié tendre. Dieu l'a voulu sans doute, courage, frère!

Alauin le regarda et son visage blanc s'éclaira un moment d'un sourire triste.

— Oui, mon capitaine, je paye ma désobéissance. Pourquoi ne vous ai-je pas écouté?....

— Dites plutôt que Dieu le voulait, répéta le capitaine.

Le chirurgien militaire, muni de bandage, de scalpels et de sondes, s'approcha du brancard et, retroussant les manches de sa chemise, avec un rire qui avait l'intention de rassurer le blessé et voulait être spirituel, il dit :

— Ah! ah! On a fait un accroc à votre peau fine. Nous allons voir ça!...

Alauin se soumit, mais dans le regard qu'il jeta au chirurgien, pendant que ce dernier commençait à sonder la place, il y avait un cruel reproche et une tristesse sans fin. Après quelques instants de cette opération douloureuse, à bout de force et de patience, il écarta brusquement la main du chirurgien.

— Laissez-moi, dit-il d'une voix faible. Je mourrai quand même. Et il retomba lourdement sur sa couche.

Cinq minutes après je m'approchai des officiers qui entouraient le blessé et je demandai :

— Comment va-t-il ?

On me répondit :

— Il s'en va!...

TABLE

ÉMILE COLIN. — IMPRIMERIE DE LAGNY

EMILE COLIN. — IMP. DE LAGNY

www.ingramcontent.com/pod-product-compliance
Ingram Content Group UK Ltd.
Pitfield, Milton Keynes, MK11 3LW, UK
UKHW021003180726
13838UKWH00003B/1429